图书在版编目（CIP）数据

我恶心的动物邻居.3，鼻涕虫 /（加）埃莉斯·格拉韦尔著；黄丹青译. — 西安：西安出版社，2023.4
ISBN 978-7-5541-6585-0

Ⅰ. ①我… Ⅱ. ①埃… ②黄… Ⅲ. ①儿童故事—图画故事—加拿大—现代 Ⅳ. ①I711.85

中国国家版本馆CIP数据核字（2023）第024612号
著作权合同登记号：陕版出图字25-2022-050

DISGUSTING CRITTERS:THE SLUG
Text and Illustrations copyright © 2014 by Elise Gravel. All rights reserved. This French translation rights arranged with Painted Words Inc. through RightsMix LLC

我恶心的动物邻居 鼻涕虫 WO EXIN DE DONGWU LINJU BITI CHONG
[加]埃莉斯·格拉韦尔 著 黄丹青 译

图书策划 郑玉涵　　**责任编辑** 朱　艳
封面设计 牛　娜　　**特约编辑** 郭梦玉
美术编辑 张　睿　葛海姣
出版发行 西安出版社
地址 西安市曲江新区雁南五路1868号影视演艺大厦11层（邮编710061）
印刷 东莞市四季印刷有限公司
开本 787mm×1092mm 1/25　**印张** 12.8
字数 72千字
版次 2023年4月第1版
印次 2023年4月第1次印刷
书号 ISBN 978-7-5541-6585-0
定价 138.00元（共10册）

出品策划　荣信教育文化产业发展股份有限公司
网址　www.lelequ.com　　电话　400-848-8788
乐乐趣品牌归荣信教育文化产业发展股份有限公司独家拥有
版权所有　翻印必究

我恶心的动物邻居

鼻涕虫

[加]埃莉斯·格拉韦尔 著
黄丹青 译

乐乐趣
西安出版社

亲爱的小读者们，请允许我向你们介绍

鼻涕虫。

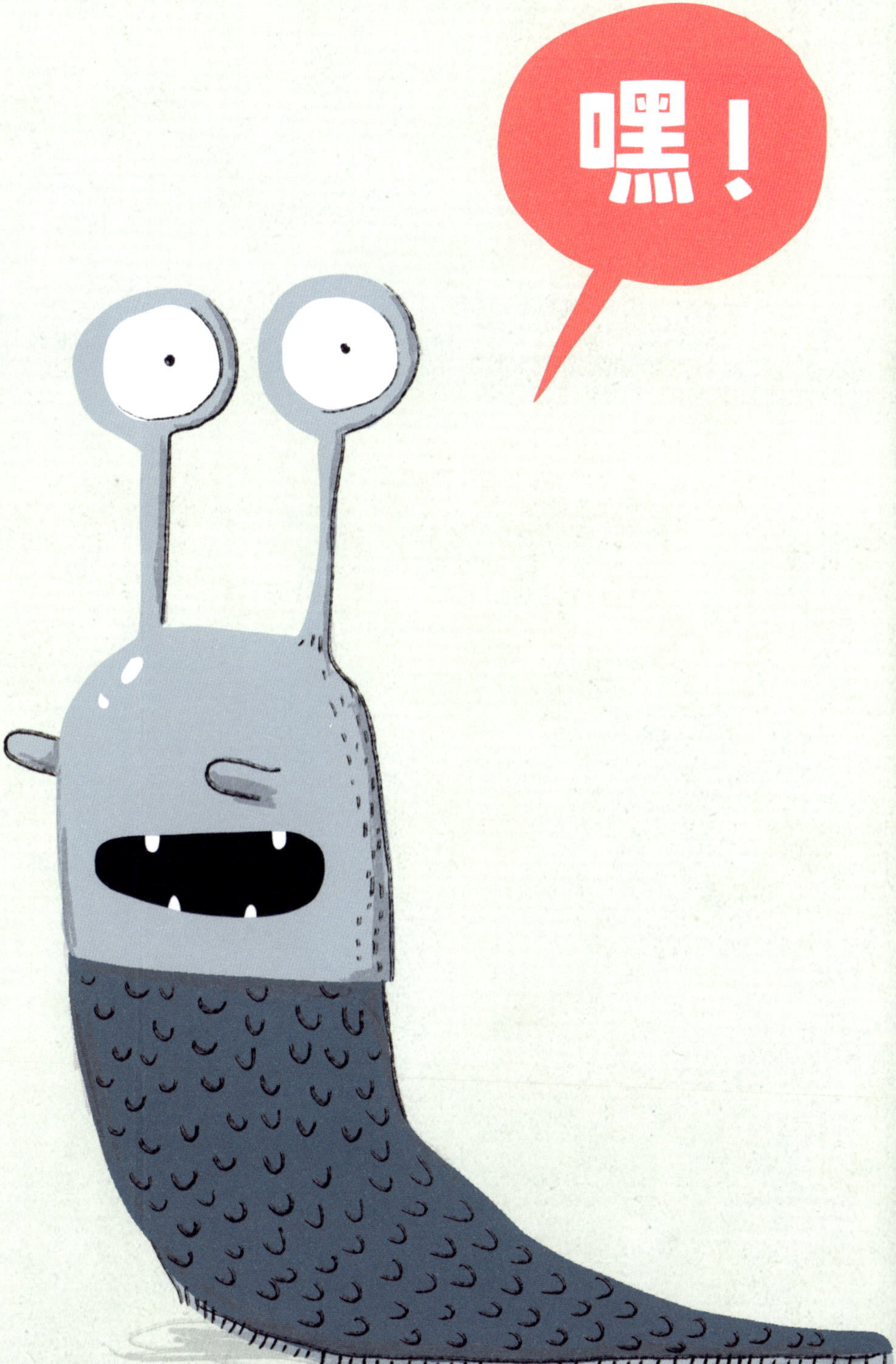
嘿！

鼻涕虫是一种软体动物，就像蜗牛一样，只是它没有

壳。

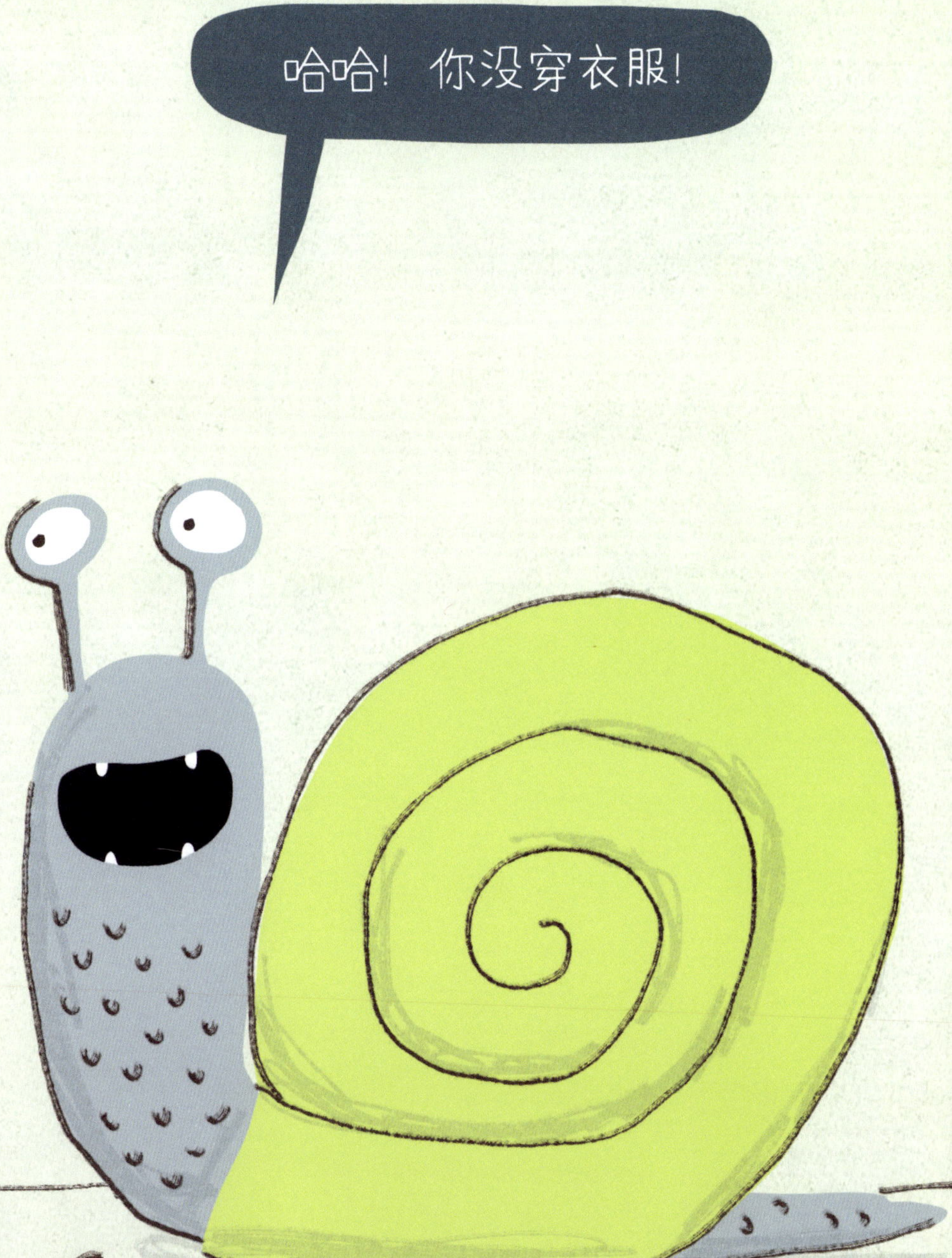
哈哈！你没穿衣服！

鼻涕虫也叫蛞蝓（kuò yú），

种类很多。

海蛞蝓*

小水手，全速前进！

*海蛞蝓其实并不是蛞蝓，而是螺类的一种。

淡水蛞蝓

小螺号,嘀嘀嘀吹!

地蛞蝓

呼噜噜……

在这本书里,我们介绍的鼻涕虫,就是地蛞蝓。

鼻涕虫头上有两对

触角。

后面的一对触角上有眼睛,前面的一对触角用来捕捉气味和感知物体。

我看见你了!你是个小朋友,闻起来像西蓝花!

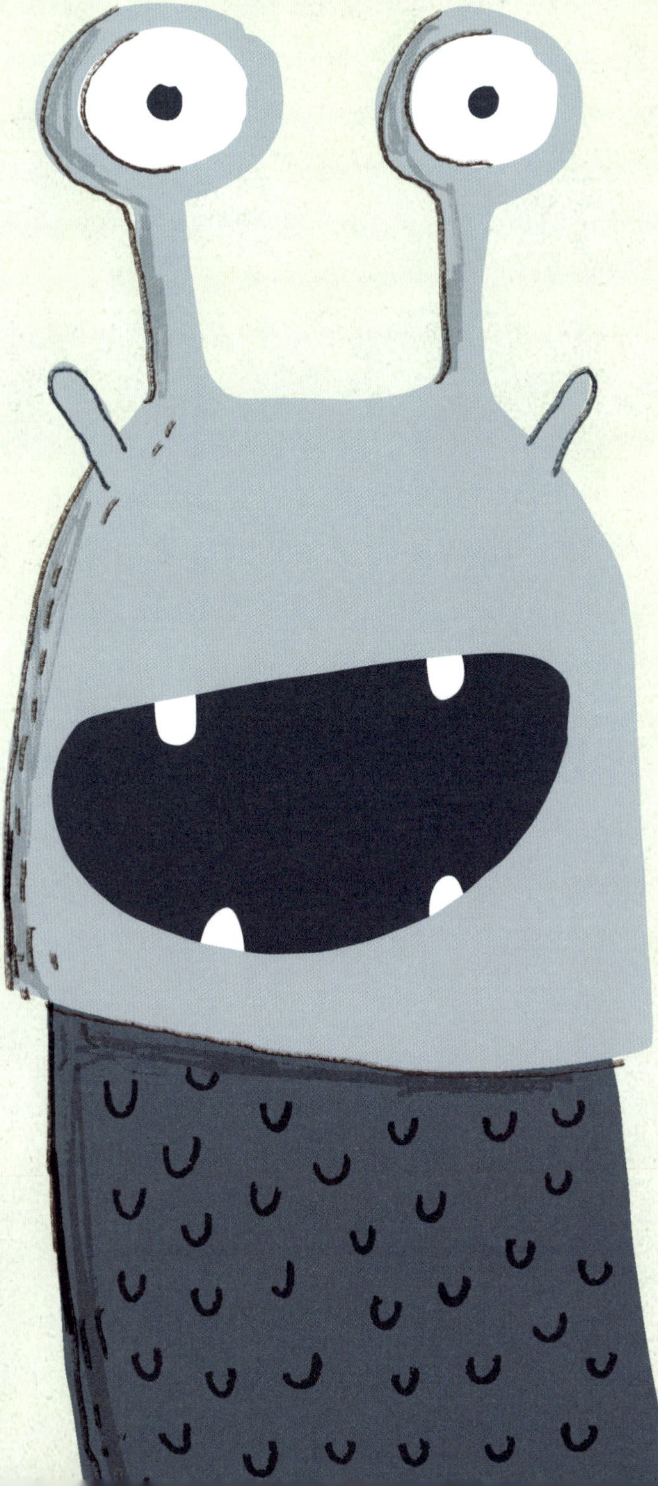

鼻涕虫的触角能**伸缩**，这意味着如果它遇到**危险**，可以立即把触角缩回脑袋里。

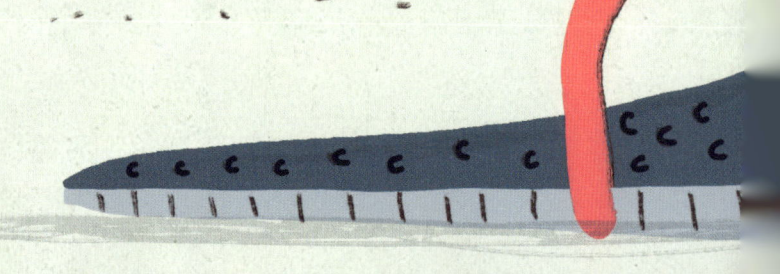

没错！可是如果我戴了眼镜的话就不太妙了。

鼻涕虫通过身体右侧的一个小孔

呼吸。

大家看到我这样做,都惊叹不已呢。

鼻涕虫用腹部向前**爬行，**足部位于身体腹面，所以被叫作**腹足。**

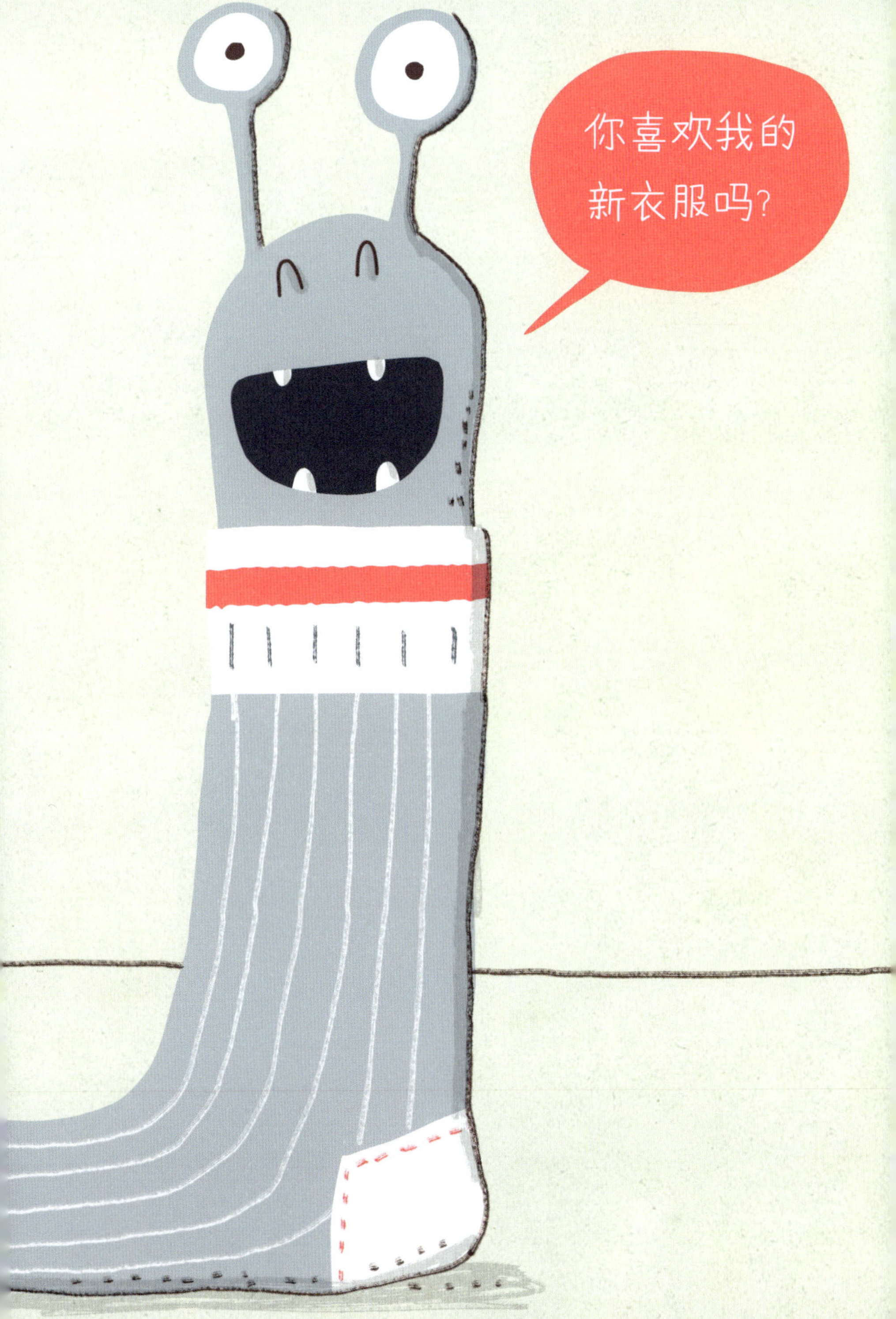
你喜欢我的
新衣服吗?

鼻涕虫的整个身体都裹着一层

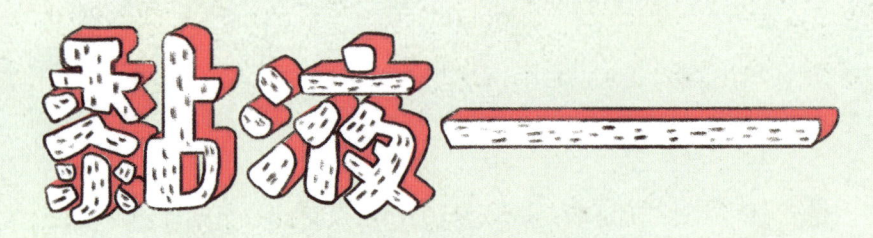

黏液——

一种浓稠、黏糊糊的液体。

鼻涕虫喜欢待在潮湿的地方，比如石头或花盆底下。

啊！多么美好的一天！

鼻涕虫分泌的黏液非常重要。这些黏液可以让它四处

滑行，

也可以像胶水一样，使它粘在垂直的表面。

好大一条鼻涕虫！

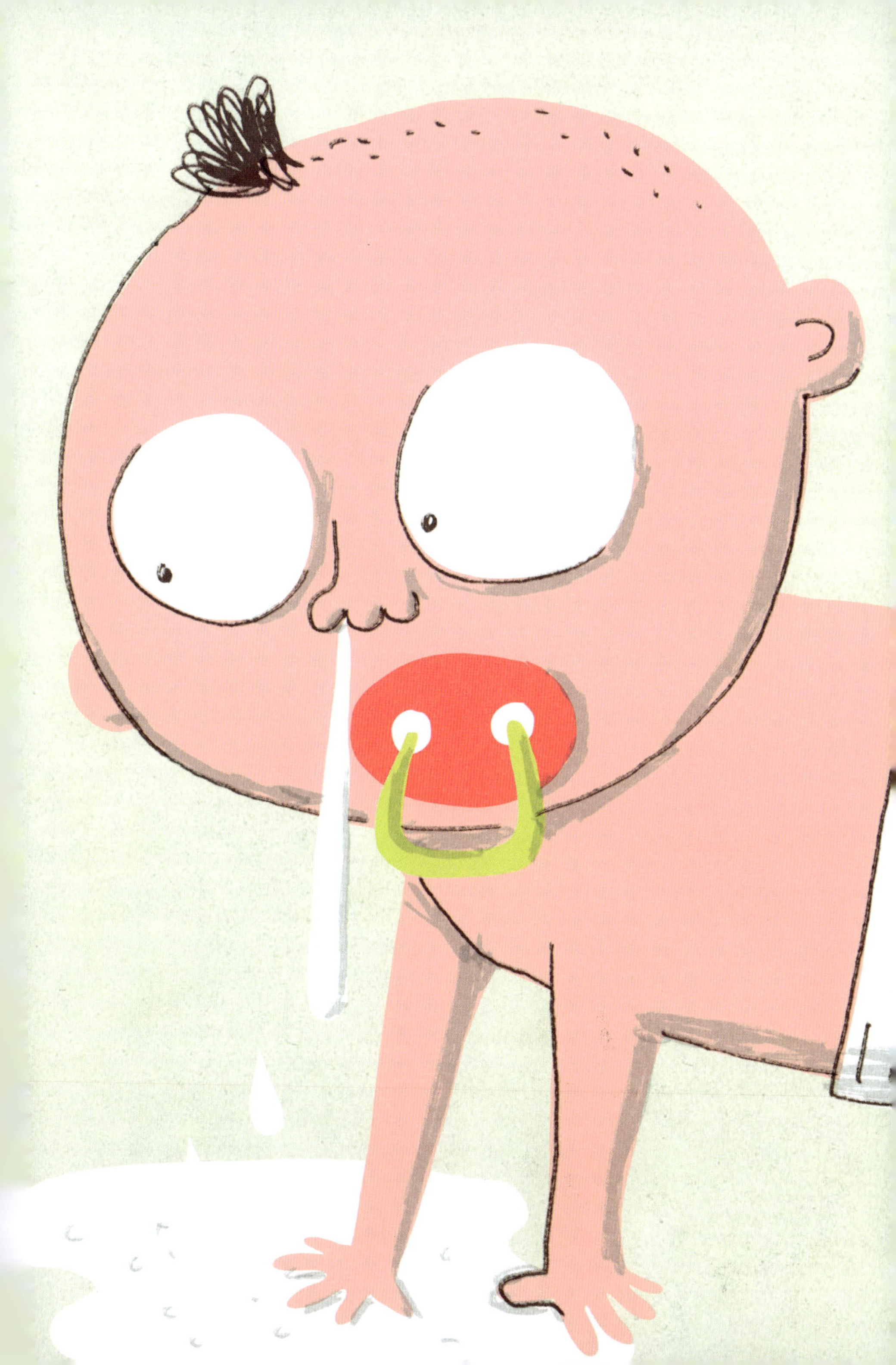

当鼻涕虫觉察到危险时，它会分泌更多的黏液，这让它变得更加

滑溜溜，

并用黏液摆脱

捕食者。

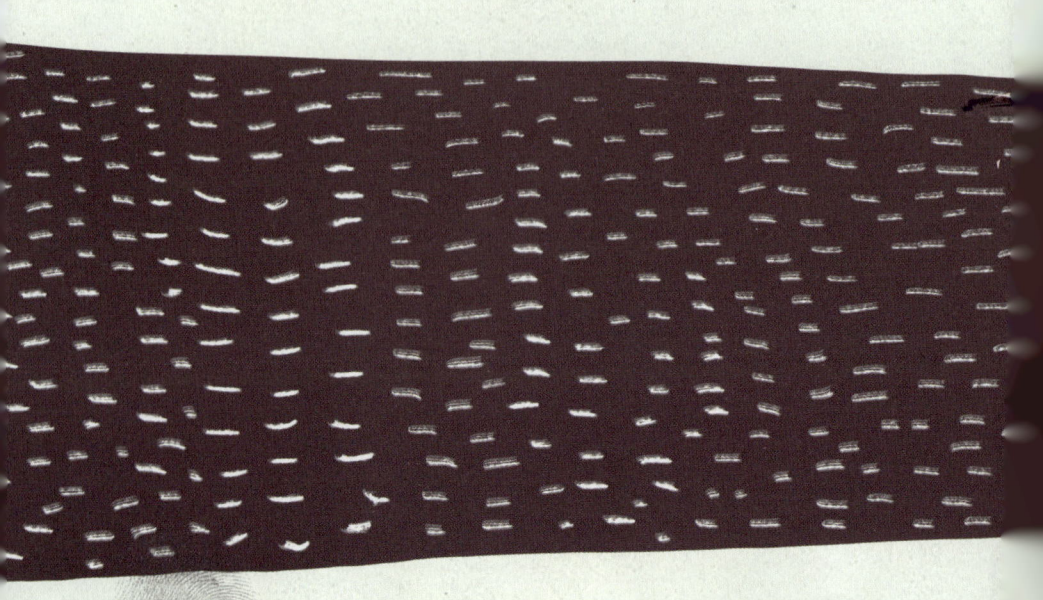

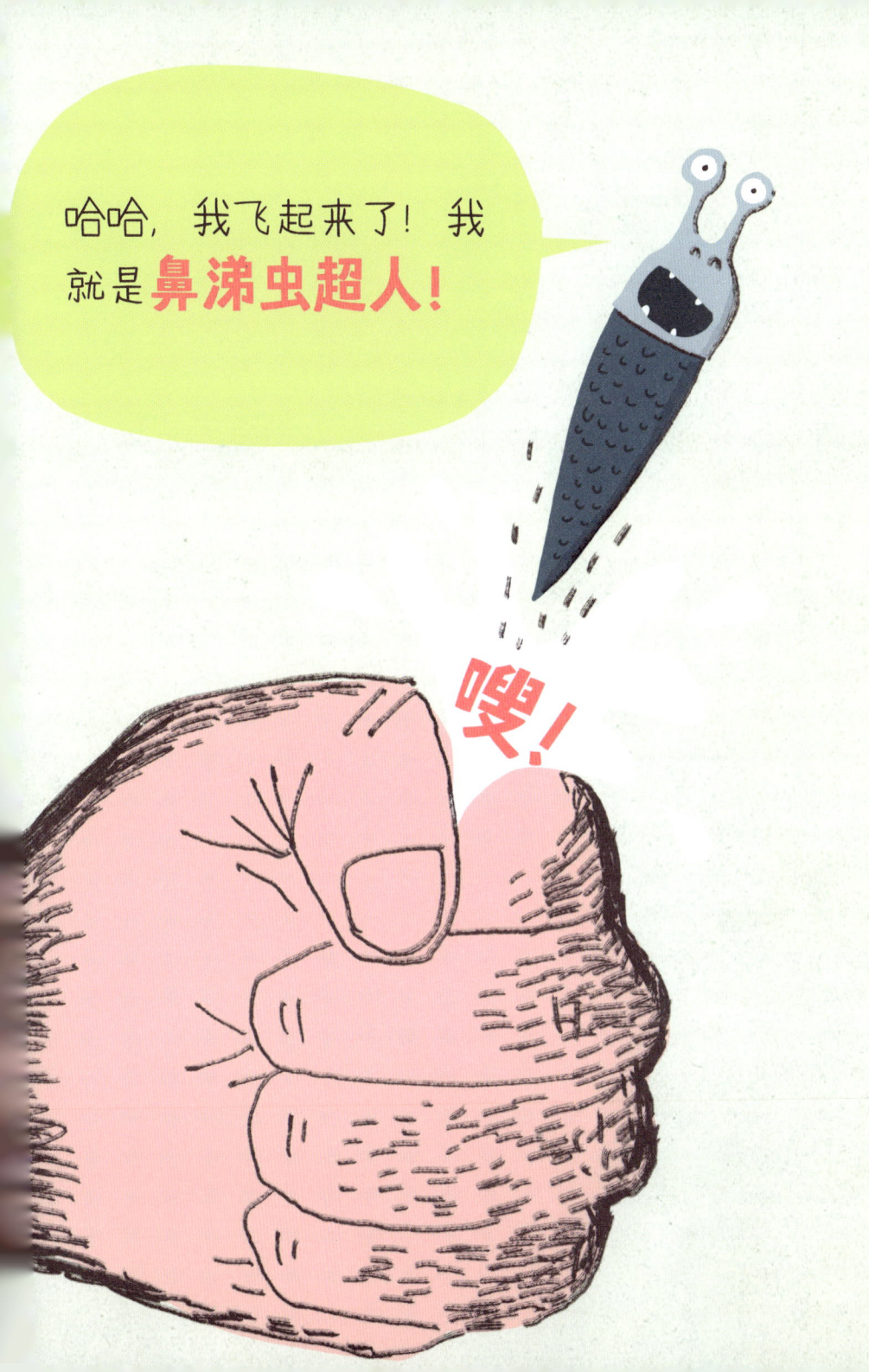

哈哈，我飞起来了！我就是**鼻涕虫超人**！

嗖！

寻找

配偶

的鼻涕虫，可以通过黏液嗅出另一只鼻涕虫的足迹，然后疯狂地追赶对方。

等等我，亲爱的！

和蚯蚓一样，鼻涕虫也是雌雄同体，所以它既是男孩，又是女孩。

鼻涕虫可能将卵产在湿度大且隐蔽的土缝中，也可能产在枯枝落叶上。几周后，这些很小的、透明的**鼻涕虫宝宝**就出生啦。

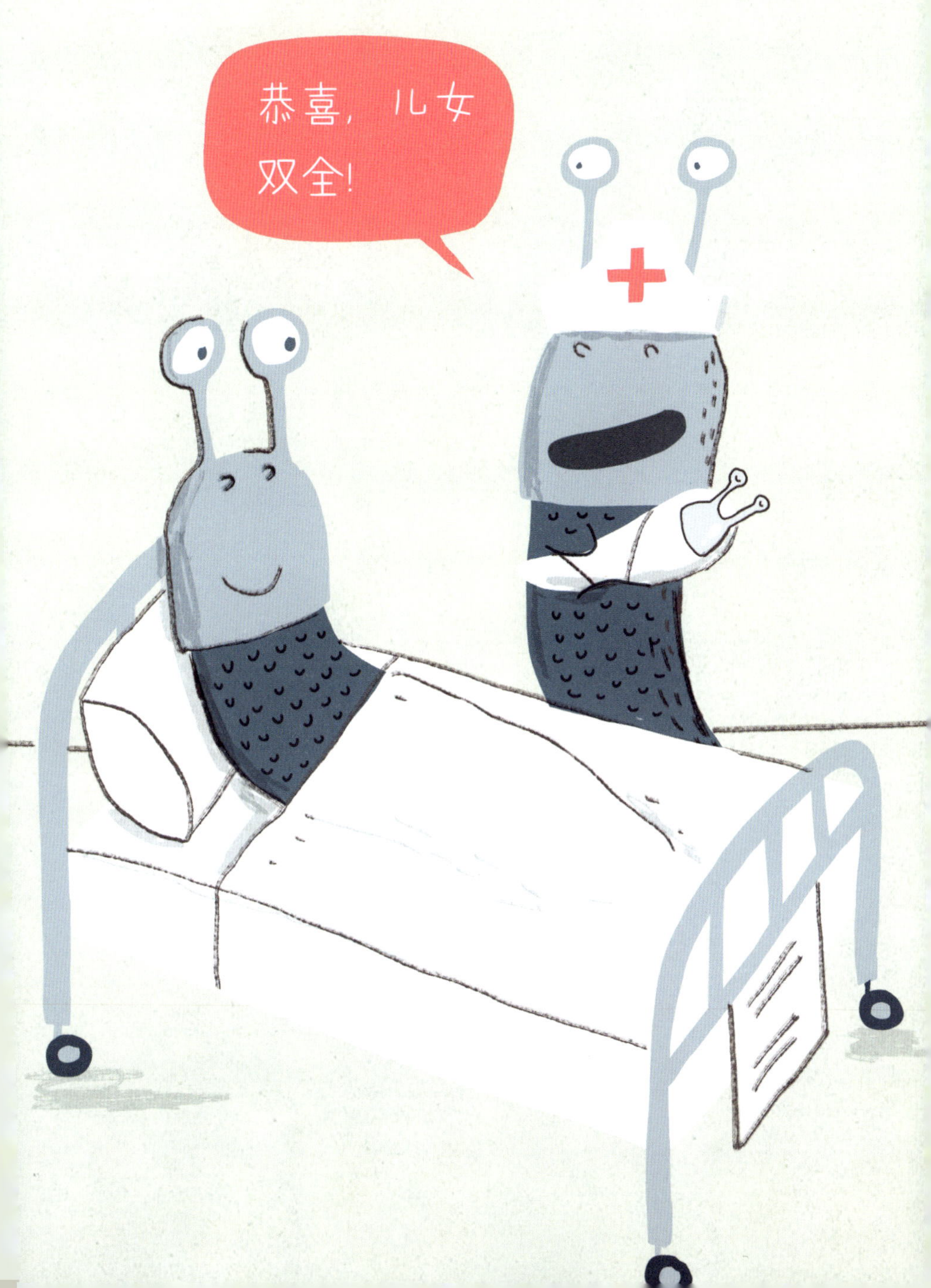
恭喜，儿女双全！

鼻涕虫主要以**植物**和**蘑菇**为食。农民伯伯不太喜欢鼻涕虫，因为它喜欢偷吃蔬菜。但鼻涕虫在自然界中扮演着重要的角色，它能把大自然产生的垃圾转化为**土壤肥料。**

垃圾，变变变！

所以，下次遇到鼻涕虫时，请友善一些，和它分享你的

沙拉 吧。

真好吃!饭后你不吃口香糖吗?

鼻涕虫小档案

独特之处 用腹部爬行，通过身体右侧的一个小孔呼吸。

食物 主要以植物和蘑菇为食。

特长 善于变废为宝，就是把大自然产生的垃圾转化为土壤肥料。

鼻涕虫是你有点儿恶心的动物邻居，它黏糊糊的。

不过，它可是大自然的好朋友。